현대시 세계 시인선 117

식구들의 수다

김남규
시집

식구들의 수다

김남규
시집

도서
출판 북인

가족은 내 삶의 원천이다.

시가 체험의 미학이라는 측면에서 볼 때,
내 시 속에 이들의 이야기가 많은 것은
아마도 그런 이유에서 일 것이다.

아내를 만나 가정을 꾸린 지 30년이 되었다.
손을 꼭 잡고 산을 넘고 강을 건너왔다.
그러는 사이 아이들은 제 몫을 다할 만큼 컸고
이제 가을이면 새 식구도 맞는다.

이번 시집이 아내에게는 헌시가 되고
아이들에게는 행복한 기억이 되었으면 좋겠다.

2020년 6월
김남규

차례

1부

봄

아마 열어덟 즈음이었을 거야
등굣길이었는데
파랑색 대문으로 기억해
소리가 나는가 싶더니
쪽문이 열리고
그곳으로 나오더라고
그러다가 어느새
백목련 환한 골목을 돌아
앞서 가는데
종종걸음을 내디딜 때마다
흰 칼라 단발머리가
말갈기처럼 출렁이더라고
보는 내내 봄이더라고

그날부터
나는 밤마다 편지를 썼어
목련이 지고 벚꽃이 지고
아마 아카시아 꽃이 질 때까지
그랬던 것 같아

해바라기

도청 청사
남문 쪽 길가에
들끓던 여름 받아낸 해바라기
줄지어 서 있어.

검게 타고 갈라져
옹이처럼 맺은 모습 보노라면

그런 지옥 같은 열망
무엇인가 싶기도 하고

나는 그런 거
단 한번이라도
간직한 적 있는가 싶기도 해.

그러다가 불현듯
지금이라도
나도 내 가슴에
해바라기 하나 키우면 어떨까
하는 생각했어

가령, 그것이 화인이 되어
청맹과니가 된다 해도
그렇게 사는 거
그것도 정말
괜찮지 않을까 싶어.

가뭄

두 달 넘게 제한급수를 받고 있습니다.
이만저만한 고통이 아닙니다.
예년에 비해 적은 강수량이 원인이지만
송수관이 낡아 그냥 새는 양도 많고
물 쓰듯 한다고
귀한 줄 모르는
잘못된 생활습관의 탓도 있다고 합니다.
혼자 산다고 해도
먹고 나면 씻어야 할 그릇 생기고
지나면 빨래거리 쌓이게 마련입니다.
시간 맞추어 퇴근을 하고
욕조는 막고, 물통은 들고
분수처럼 터질 수도꼭지 바라보다가
아내여
문득 우리의 사랑도 이렇게 가물어
물길 끊기면 어쩌나 하는 생각했습니다.
주말부부로 사는 일이며
25년 넘은 결혼생활
물샐 구멍 생길 수 있고
무심코 행하는, 습관처럼 익숙한 일상들이

혹여 물길 끊을지 모른다는 생각
들었습니다.
무슨 근심만 그리 키우느냐고
타박할지 모르지만
이런저런 생각에 막힌 것 투성이어서
오늘은 더 목마른 여름밤입니다.

고즈넉한 저물녘

저 강물 어디쯤
내 스무 살 즈음에
내다버린 슬픔
침잠해 있을 것이다.
이제 그것들 끌어올려
마디마디 묶은 끈 풀어내고
겹겹 둘러싼 보자기도 풀어헤치고
강물에 녹여
흘려보내려 한다.
더러는 강물이 되어
마을 들판에 스며들 것이고
더러는 그렇게
바다로 흘러갈 것이다.
혹여
그래도 풀리지 않는
응어리 있다면
그것은 그것대로 지켜보고
기다릴 것이다.
사람들 웅성임도
갈대숲의 바람도

도도히 흐르던 황토빛 강물도
이제는 스스로 저물어
고즈넉한 저물녘.

길목

원룸 가는 길목 개가 지키고 있다.
괜히 신경을 곤추세워야 하는 일이
싫고 두려워
멀찍이 다른 길로 돌아다니곤 하였는데
어제 밤엔
목줄 풀린 황구
달라붙으며 짖어댔다.
한갓 미물도
이렇듯 눈치가 빤해
지가 상대할 대상쯤은 알아보는데
싫다고 피하고
두렵다고 덮으며 살다
이리 밀리고 저리 쏠리는
신세가 되고 말았다.
가방을 휘젓고
발길질하며 돌아오는 길
그 어디에도
피할 곳은 보이질 않고
굽은 길, 짙은 어둠만
뒤꿈치를 물고 놓질 않았다.

어떤 처방

밤새 다리가 아파 잠을 자지 못했다.
뿌연 아침을 밀고 들어선 병원에서
나보다 대여섯 살쯤 더 먹어 보이는 의사는
덤덤히 말했다.
몸무게가 많이 나간다는 걸 모른 척한 죄
연식이 그만큼 됐다는 것을 인식하지 못한 죄
그 죄값을 치르는 것이라고 했다.
그리고는 대수롭지 않게
몸무게를 뺄 것,
당분간 운동은 숨 가쁘게 하지 말 것,
술은 보증 세우고 도망간 친구 대하듯 할 것.
약도 필요 없고
그것만 지키라고 했다.
꾸역꾸역 진찰실을 나서는데
자꾸 술 이야기, 연식 이야기만 귓가에 맴돌았다.
병원 문을 들어설 때부터
아버님이라고 부르는
예쁜 간호사의 호칭이 거슬리더니
나설 때까지 엉망진창이다.

어떤 처방 2

술과 고기를 끊으라고 했다.
손도 댈 수 없는 발에
주사기를 꽂고
고통을 뽑아내는
처절한 시술이 끝난 다음이었다.
그렇지 않을 경우
반복주기는 더 빨라질 것이고
신장까지 문제 있을 수 있다고 했다.
그리고는
쐐기라도 박으려는 듯
나이값을 해야지
자기 몸이 주는 신호도 모르느냐고
그만큼 먹었으면 됐지
언제까지 먹고 싶은 거
다 먹으며 살려하냐고
나무랐다.
부끄러움과 치욕스러움이
고통처럼 몰려왔다.
하지만 그것도 잠시
내 귓가에는

술과 고기를 끊으라는 목소리만
공명처럼 울리고
이젠 살아도 산 것이 아니라는 생각만
붐비고 있었다.

어떤 처방 3

지난 밤은 참혹했다.
서지도 앉지도 못하고
짐승처럼 울며 방안을 헤맸다.
실려간 응급실에서
진통제를 투여받고서야
겨우 잦아진 통증
요로결석尿路結石이라고 했다.
의사는
몸속에 생성된 것이
가만히 있으면 아프지 않고
움직이면 아픈 것인데
움직인다는 것은
몸 밖으로 빠져 나오는 과정이고
그것이 어젯밤과 같은 고통으로
몰려오는 것이라고 했다.
그러니 아프면 빠져나오려는 것이고
안 아프면 가만히 있는 것이니
빠져나오면 좋고
안 아프면 그것도 좋은 일이니
다 좋은 일이라고 했다.

믿겨지지 않겠지만
사람들 모두
그런 거 하나씩 가슴에 묻고
그렇게 살아가고 있다고
그래서 가끔씩
밖으로 나오지 못한 돌멩이 같은 거
이곳저곳 헤매며
잊었던 일 일깨워주는 거라고
그러니 그냥 같이 잘 살라고
넌지시 알려주었다.

지하철에서

지하철 안으로 들어섰을 때
한 학생이 일어섰다.
별 생각 없이 앉았다가
아차, 싶었다.
다음 역에 도착해서도
그는 여전히 옆에 서 있었다.

어찌된 일인지
근래 들어
부끄럽고 낭패스러운 일들이
너무 잦다.

지하철은
내가 내려야 할 곳의 거리를
이미 반 이상 지나쳐
쾌속으로 달리고 있다.

앉아 있자니 그렇고
일어서자니 더 이상한
엉거주춤한 자세

그렇게 한 사내
환한 불빛 속
굉음 가득찬 지하철 안에서
멀뚱히 눈 뜨고
허둥대고 있다.

지하철에서 2

늦은 밤,
종착역이 가까운 지하철 안은
한적하다.
방향을 틀 때마다
온종일 매달려온 손잡이는
가벼이 몸을 떨고
차량의 꼬리는
사선蛇線을 그리며
거친 쇳소리를 낸다.

지상의 길이란
본디 인연 따라 열리고
끊어졌다 이어지고
꺾이었다
다시 풀리는 것이라 하지만
막힐 것 없어
여는 것이 곧 세상이 되는
수십 미터 땅 속의 길이
굽어져 흐르고 있으리라고는
한번도 생각해본 적이 없다.

어둠 속을 달려온 지하철이
잠시 멈춰서 숨을 고른다.
훅 들어온 이정표가
푸른 빛을 띠며
한기를 내뿜고 있다.

편리한 세상

종합검진을 마치고 수납대 앞에 서서야
지갑을 가져오지 않았다는 것을 알았다.
프로포폴이 온몸에 퍼질 때처럼
후끈 달아오르고
아늑한 나락으로 떨어지는 듯했다.
겨우 아내를 생각해내고
수납대 직원과 전화를 연결해주고서야
옆으로 비켜설 수 있었다.

지하 주차장으로 내려가며
잦아지는 건망증과
순간 대응 부족에 대한
현실을 탓하다가
그래도 다행이라고
참 편리한 세상이라고
몇 번을 생각하고 위로했다.

하지만 그것도 잠시
승강기에서 내리는 순간
거대한 무인계산기

턱하니 버티고 앞을 막아섰다.
설명할 상대도 없고
계좌이체도 불가능한
지하 공간, 편리한 기기 앞
그 한쪽 불 켜진 유리 칸막이 속에서
이제는 무디어진 녹슨 창을 들고
짐승처럼 서성이는
한 사내를 보았다.

걸음걸이

왼쪽으로 어깨가 처졌어
평형을 맞춘다는 마음으로 걸어봐
보폭은 크게 하고
시선은 멀리 보고
가슴은 앞으로 내미는 듯하고

모임을 마치고 돌아오는 길
친구의 잔소리가 뒤따르고 있다.

나이 먹어서 그렇지
지나치듯 또 다른 친구가 거들었다.

아니야
습관이야
무의식 때문이야
설령 그렇다고 해도
그럴수록 다 잡아야 해
그래야 중심을 잡는다고
중심을 잡아야 흔들리지 않고
흔들리지 않아야 똑바로 걸을 수 있는 거라고

폭풍 같은 잔소리에 뒤를 내주고
그에 밀려 돌아오는 길
한쪽으로 기울어 살지 않았냐는
책망 같기도 하고
앞으로라도 똑바로 살라는
충고 같기도 한 목소리가
아파트 회색 건물 벽 사이를 돌아
길게 번지고 있었다.

행복할 권리

복도를 사이에 두고 50호 방과 마주하고 산다.
1호인 내 방과는
오피스텔 한 층을 전부 돌아야 만나는
가장 가깝고도 먼 이웃이다.
개를 키우고 고양이를 키운다는 것
늦은 귀가가 잦다는 것
그 이외에는 아는 것이 없다.
어제는 돌아와 누우려는데
앞방 쪽에서 걸음이 모아지고
개 짖는 소리,
관리사무소 직원임을 밝히는 소리,
문 여닫는 소리가 들렸다.
낮은 목소리로 시작되던 대화가
어느 순간부터 커지는가 싶더니
시간이 지날수록
50호 방주인의 목소리만 들렸다.
이상한 것은 그 상황인데도
문제를 제기한 사람은 물론,
그 누구도 나와 보지 않는다는 것이었다.
끝내 관리소 직원이 사과를 하고

행복할 권리를 침해하지 말라는
50호 방주인의 거룩한 말씀을 마지막으로
세상은 다시 고요 속으로 빠져들었다.
가만히 누워
한참 달아난 잠을 불러 보는데
빅데이터에 검색된 단어처럼
행복할 권리
그 다섯 글자만 크게 확대되어
컹컹 개 짖는 소리에
떨어질 듯 위태롭게 천정에 걸려
흔들리고 있었다.

무량사*의 추억

그해 여름 내내 무량사를 찾았다.
다니던 직장이 부도나고
일터도 전셋집도
어찌할 수 없는 시간에
단단히 묶여 있을 때였다.

일상은 무료했고
시간은 더디 흘렀다.

경내 풍경이
눈에 들어올 무렵부터
아내와 아이들은
법당을 찾아 절을 올리거나
햇빛 속을 뛰어다니기 시작했고
나는 느티나무 그늘에 기대
사천왕문 쪽이나 범종루 쪽을
하염없이 바라보거나
극락전 뒤쪽 산그늘로 들어가
숲속을 헤매곤 했다.

그러는 동안

여름은 만수산 중턱을 넘어가고

산바람은 극락전 지붕을 넘어

처마 끝 풍경風磬

그 정적 사이로 스며들고 있었다.

＊충남 부여군 외산면 만수산 남쪽 기슭에 있는 절.

적과摘果

생전에 선친께서는
시원찮은 놈이 되지 말라고 하셨다.
두어 번
내가 시원찮은 놈이 되어
밖을 떠돌고
생채기 깊어갈 때도
그 말씀만 반복하셨다.
철들기 이전부터
무릎 저리고
귀에 딱지 앉도록 들은
그 말씀
까맣게 잊고 살았는데,
오늘
시원찮은 놈들이
내 눈에도 보이고
싹둑 잘라져
뚝뚝 떨어지는 소리 들렸다.

적과摘果를 한다.

바닥을 뒹굴고 있다.

2부

갈등

아들에게 모진 말을 했습니다.

못 알아들었다면 답답한 일이고
알아들었다면 가슴 아픈 일입니다.

지나는 시간만큼
내가 못 따라가는 것인지
아니면 너무 멀리 나가는 것인지
도통 감을 잡을 수 없는 날들이 계속되고 있습니다.

편지 2

아들에게 편지를 쓰다 울고 말았다.

선친께서도 내게 편지를 주신 적이 있었다.
그때 나는
삼십을 갓 넘긴,
아내와
아이는 둘씩이나 둔
실직한 가장이었다.

그때, 선친께서도 우셨을까

선친과 나와 아들과

이래저래
눈물만 풍성한 밤이다.

어느 날 아들에게

하면 돼
할 수 있어
안 돼도 괜찮아
다음이 있잖아

이런 이야길 하다가

격려가 될까
고문이 될까
하는 생각했는데

정말 해낼 수 있을까
그럴 수 있을까
그런 생각
나도 한 적 있었다고

차마 그 말은
입 밖으로 내지 못했다.

아버지와 아들

초등학교도 입학 전인 듯한
남매가 다툽니다.
서로 아빠 옆에 앉겠다는 겁니다.
출장 갔다 돌아오는 길
기차 안의 풍경입니다.

한 오십 년 전쯤
저 멀리 앞쪽에서 걸어오시던
아버지를 피해
골목으로 숨었던
기억이 떠오릅니다.
왜 그랬는지는 모릅니다.

아들놈과는
각기 집을 떠나
지척의 거리에서
살고 있습니다.
하지만,
좀처럼 만나기가 어렵습니다.
전화하는 것도

찾아가 보는 것도
쉽지가 않습니다.

애들만도 못한
아버지고 아들입니다.

식구들의 수다

아내가 대화방을 만들었다.
식구라야 달랑 넷인데
사는 곳은 세 군데니
이렇게라도 만나자고 했다.
쓸데없는 짓 한다고 했지만
며칠째
잘 잤느냐, 행복한 하루되라 올리고
맛점하라 올리고
잘 보냈느냐, 편안한 밤 되라 올린다.
얼마나 공감하는지는 모르지만
애들은 이모티콘으로 혹은
단문으로 답을 한다.
생각보다는 괜찮다 싶기도 하고
잠들기 전 훑어보는 것으로
넘어가고 있었는데
어젯밤에는
신호음이 한번 울리더니
연이어 카톡, 카톡, 소리가
온 방을 흔들어댔다.
잠이 안 와

나도
나도
수다가 넝쿨처럼
달리고 있었다.
그만 자자
나도 날리고 싶은데
그래도
첫 번째 올리는 댓글이
그래서는 안 되겠다 싶어
멍하니 그 수다
밤새 지켜보고 말았다.

원룸에서의 하룻밤

　빈방에 누워 아내와 아이들을 생각한다. 아내와 아이들이 머문 어젯밤 내 방은 따뜻했고 밤새 풀벌레 소리 가득했다. 얼마간 그 기억이 나를 지켜줄 것이다.

　큰 애가 군대에 가고 딸이 대학 기숙사로 들어가기 전까지 우리는 함께 자는 날이 많았다. 제 방에 있던 딸애가 어느 틈인가 슬그머니 끼어들면 아내는 굳이 아들까지 불러 내 거실에 이불을 폈다. 아들이 섬세한 성정을 지녔고 딸애가 옹골진 면이 있다는 것을 안 것도 그때였다. 평온하고 아늑한 밤이 별처럼 흐르곤 했다.

　다시 시간이 지나고 애들은 돌아왔지만, 풍경은 이전으로 돌아오지 않았다. 나와 아들은 직장을 따라 집을 떠났고 딸은 제 방을 찾아 하루의 피곤함을 묻기 시작했다. 홀로 빈방을 지키는 건 나나 아내나 마찬가지여서 밤은 지루했고 쓸쓸했다.

　아내가 다시 애들을 부르기 시작한 건 얼마 전이었다. 남의 남편이 되고 아내가 되기 전이니 지금에 집중하라고 했다. 핸드폰에 가족 단체방을 만들어놓고 소식을 전하라하

고 메일로 긴 편지를 보내고 답장을 요구하기도 했다. 걱정
과 기대가 교차하는 밤이 얼마간 계속됐다.

어젯밤에는 아내가 애들을 불러 세워 먼 길을 달려왔다.
넷이 눕기엔 턱없이 부족한 원룸에서 우리들은 모로 누워
밤새 어깨를 맞췄다. 새벽이 오고 다시 그들 먼 길 떠났지
만, 어젯밤 내 가슴에서 뜨고 빛나던 별들은 오래도록 남아
나를 지켜줄 것이다.

술

주말 저녁, 딸애와 술잔을 나눈다. 딸애는 연신 좋다 좋다를 반복하고 있다. 나도 딸애처럼 술자리가 행복할 때가 있었다. 선배들과 어울려 귀동냥하며 얻어먹던 술, 학사주점에서 웅크리고 앉아 와자지껄하게 나누던 술, 외양간에 달린 친구 시골집 사랑방에서 조근조근 비워가던 술, 보문산 옛 야외음악당 계단에서 아내의 노래를 안주삼아 넘기던 술,

언젠가 아내는 내가 술을 전쟁하듯 먹는다고 나무란 적이 있었다. 이른 새벽 귀가가 일상이던 날들, 몇 번의 화장실을 다녀오던 길이었다. 오직 취하기 위해 먹는 술, 지지 않기 위해 끝까지 버티며 먹는 술, 목적을 위해 수단이 되는 술, 술로 이기려고 먹는 술, 몸도 그런 술이 역겨워 먼저 알고 거부하는 것이라고, 여기서 그만 멈추라고 했다.

오늘은 어떠냐고 아내가 돌려 묻고 있다. 좋지 좋지를 나도 반복한다. 사랑하는 사람과 나누는 술, 매번 먹어도 기다려지는 술, 생각하면 절로 미소가 지어지는 술, 아무리 먹어도 넘기지 않는 술, 나를 떠나 남을 바라볼 수 있는 술, 딸애와 술잔을 나누며 그런 술을 생각한다. 술 먹을 때만

내 편인 딸애의 음성이 내 술잔을 채우고 가을밤을 물들이
고 있다.

쓸쓸한 아내

이제 우리 품을 떠난 듯해
아들 자취방을 다녀온 아내가 말했다.
그리곤 돌아누워
한동안
벽만을 응시했다.

결혼시켜 분가시킨 것도 아니고
겨우 취직해
방 한 칸 얻어 내보낸 것뿐인데
다시는 품속의 자식이 될 수 없음을
아내는 직감하고 있는 듯했다.

그런데 이 사람아
나는 안 보이나

다가가 안아주며
그렇게 말해주고 싶었지만,
그냥 그렇게 한참을
바라만 보고 말았다.

사랑

오를 때도
다 오르고서도
다시 내려와서도
보이지 않던
산
떠나오는 길
달리는 차창 사이로
훤히 보였다.

아내여
먼 길 달려와 누운
내 빈방에도
오늘 밤 그리움 가득하다.

신혼방

아내의 글이 핸드폰 메시지로 올라왔다.
지금 막 도착하여
창문을 열고 틈새를 닦아내고
방안 먼지도 털어내고
빨래를 하고 있다고 했다.
비었던 냉장고를 채우고
작은 옷장 하나 정리하고 나니
더 이상 할 것도 없는 원룸이
아늑하게 느껴지고
예전처럼 둘이 살아도 충분하겠다는 생각
했다고 했다.

부모님을 모시고 시작한 우리들 신혼방은
안방과 마주한 건넌방이었다.
시부모님과 시동생, 시누이가 살고
인근에 사시는 친가나 외가의 식구들이
자주 모였던 집에서
둘이 눕기에 딱 맞은 건넌방은
유일한 아내만의 공간이었다.
하루가 저물고

모두가 잠들면
옷장을 닦고 방을 닦고 창문을 닦으며
귀가하지 않는 나를 기다렸다고
이삿짐 틈에서 발견된 아내의 일기는
기록하고 있었다.

애들도 나도 직장 따라
모두 집을 떠난 지금,
남편의 원룸을 찾아온
아내의 가슴에 앉은 것이
행복함인지 쓸쓸함인지
알 수는 없지만
아내의 일기장을 보며 떠올렸던 상념들이
문득 되살아나
근무시간 내내
발만 동동 구르고 말았다.

아내의 외출

아내와 딸아이가 여행을 떠나고
홀로 남겨졌다.
국이며, 찬거리를 어디에 두었다고
몇 번씩 설명했지만
정작 전기 주방기구의 사용방법은
알려주지 않았다.
이리 해보고 저리 해봐도
불꽃은 일어나지 않았고
국을 데우는 것은 고사하고
라면 하나도 삶아먹지 못할 처지가 되었다.
아내는 가끔씩
나 없으면 어떻게 하느냐고
요리도 해보고 빨래도 해보라고
말하곤 했다.
아내가 없는 자리
이곳저곳 들어찬 살림살이며
냉장고 속 수많은 양념통
식자재
한참을 바라보다
털썩, 식탁 의자에 주저앉고 말았다.

아내의 외출이
나를 끌어내리고
주위의 낯선 풍경
바라보게 하고 있다.

아내의 부탁

기억나
내가 처음 부모님께 인사드린 날
쪼그려 앉아 말씀 듣는데
저리다 못해 쥐가 나더라고
그 자세로 한참을 있었어.
그래도 내가
아버님 어머님과 잘 지낼 수 있었던 것은
그날 아버님 말씀 한마디 때문이야
내 자식이 선택한 사람이니 볼 것도 없고
내 자식이 좋다니 나도 좋다고
그런 말씀을 하시는데 정말 좋더라고
아버님 통해 당신 다시 보게 됐고
든든한 언덕 가질 수 있겠구나 하는 생각
그때 했어
그러니 부탁이야
이제 며칠 뒤 아들 여자 친구가 인사하러 온대
우리 때하고는 달라
오랫동안 앉혀놓고 잔소리하지 말고
화난 사람 같은 표정 짓지 말고
우리 아들에게도 응원이 되고

그 애에게도 평생 기억될 말
그 한마디만 해
며칠 여유 있으니
아무렇게나 할 생각은 말고
생각하고 또 생각해서
좋은 말 한번 만들어봐요

어떤 생각

아들 여자 친구에게서
인사 오겠다는 연락을 받고
선친이 떠올랐다.
사시는 동안
며느리에 대한 사랑이 유별났던 분이다.
무엇이든 맛있다.
무엇이든 잘한다.
하셨다.
마음에 쏙 드신 것인지
아니면 그냥 과한 표현을 하신 것인지
그것은 알 수 없었지만
지금도 가끔
선친 이야기에 목매는 아내를 보면
내리사랑이 통했구나 하는
짐작만 할 뿐이다.
그러다가 얼마 전
아내로부터
우리 집에 처음 인사 온 날
선친이 해주셨다는 말씀
그 이야기를 듣고

한참을 생각했다.
나도 선친처럼
그런 마음 가질 수 있을까
그런 말 할 수 있을까
그랬으면
그럴 수 있다면
참 좋겠다.

사랑의 자물쇠

프랑스 센 강의 퐁데자르에도
서울 남산타워에도 있다는
사랑의 자물쇠가
대전에서 금산으로 가는 중간
만인산 휴게소에도 있다.
사랑하는 연인들이 이름을 적어
자물쇠를 채우고
열쇠를 버리고 나면
둘 사이의 영원한 사랑 약속은
마무리된다.
사랑하는 사람의 마음을 다잡기 위해
혹은 흔들리는 자신을 위해
행하는 의식이 눈물겹고 아름답다.
하지만 사랑이라는 것이
자물쇠로 채워져
묶어놓을 수 있는 것이 아니라는 것은
아마 그들도 알 것이다.
여기 잠깐 서 있는 이 순간에도
발 아래 펼쳐진 저수지
미풍에도 물결 일고

굳건히 버티고 선 저 메타세콰이어 나무
가지 내주듯
흔들리면서 옷깃 여미고
그렇게 조신하게 보듬고 가야 할 것이란 걸
알고 있을 것이다.

3부

기도

성당 건물 밖
성모마리아 상 앞
초로의 부부
무릎을 꿇고
두 손을 모으고 있다.
길은 아직 열리지 않고
굽은 어깨 위로
안개 내리는 새벽녘
무수한 밤과 낮이 교차하는 동안
걸어온 길
아득하기만 한데
지금
갈 길을 묻고 있는가
아직도 구해야 할 평안을 찾는가

사쿠라 어원에 대한 소고

사쿠라는 '사쿠라니쿠'라는 일본어에서 비롯됐다. '사쿠라니쿠'는 연분홍색을 띤 말고기를 뜻한다. 쇠고기인 줄 알고 샀는데 먹어보니 말고기였다는 데서 유래되었다.*

사쿠라 꽃이 지천에 피어 흩날리고 있다. 코로나19의 내습이 두려운 사람들 방문을 걸어잠근 채 나서질 않고 세상일 궁금한 사람들 삐쭉 고개 내밀고 밖의 풍경 엿보는 봄날, 꽃눈은 어떻게 싹을 틔우고 꽃잎을 피워내는지, 그러다 뚝 떨어져 흩날리는 꽃은 왜 황홀한지, 보고도 알지 못하고 알고도 관심 없는 무심한 사쿠라들만 한데 무리지어 한낮을 흔들어대고 있다. 봄날이 온통 콜록이는 기침소리로 가득하다.

*『뜻도 모르고 자주 쓰는 우리말 어원 500가지』, 2012년 1월 20일, 이재운, 박숙희, 유동숙, 예담(위즈덤하우스).

궁금증

내가 시인인데

블랙리스트
화이트리스트
그 어디에도 내 이름은 없었다.

나는 잘못 살고 있는 것일까?

생각이 없는지, 생각이 다른지

주황색과 오렌지색 차이에 대한 논란이
정치면政治面의 가십거리로 등장한 날
빨간 목도리를 하고 모임에 갔다.
들어설 때부터
힐긋힐긋 눈들이 모이고
내내 불편했는데
돌아오는 길
생각이 없는지, 생각이 다른지
책망 같은 질문을 받고서야
이유를 알았다.

언제부터
주황색과 오렌지색이
빨강과 파랑이
옷을 입고 목도리를 두르는 일에까지
간섭하게 되었는지 알 수 없지만
딸아이가 사준 목도리를
옷과 어울린다는 아내의 말을
그냥 받아들였으니
그건 생각이 없는 것이고

남의 차림새를 보고
내 편 네 편을 생각하는 사람과
그런 것까지 생각하지 않는 나는
생각이 다른 것이니
틀린 말은 없다.

남루한 옷 걸치고
허허벌판을 걷는 것은
마찬가지인데
생각이 없는지, 생각이 다른지
참 답답하다.

2015년 3월, 대한민국

서울 광화문광장 한편
사람들 모여
가슴에도 묻지 못한
자식들
눈망울 예쁜 사진 걸어놓고
곡기 끊은 채
짐승 같은 울음
울고 있는데

우르르 몰려온
한무리의 사람들
치킨이며, 피자
냄새 풀풀 풍기며
왁자지껄 오찬
즐기고 있다.

또 다른 한편
한복을 곱게 차려입은 아낙들
태극기 흔들고
굿을 하듯

북을 치고
부채춤을 추고
넙죽넙죽 절을 하며
야단법석 벌이고 있다.

짙은 황사가
봄날, 햇살을 막아서고 있다.

절망

울음보가 터졌다.
신문을 읽다가
텔레비전을 보다가
그냥 운다.
노랑리본을 매다는 일도
국화 한 송이
촛불 하나 드는 일도
나는 못하겠다.

왕소군王昭君* 능陵

산 같은 능을 만든 것은
변방의 무지렁이 백성들이었다.
어여쁜 왕소군을 매개로 한
한나라와 흉노 간에 맺어진
정략결혼,
그것이 아니었으면
전쟁에 끌려나가
말발굽에 짓밟히거나 하였을
백성들이
왕소군을 기리며
집집마다 만들어왔던 무덤의 흙을 모아
쌓아올린 능
고향을 그리워하다 쓸쓸히 죽어간 여인의 슬픔과
그것과 맞바꾼 평화가
산처럼 누워 잠들어 있었다.

*중국의 4대 미인 중 하나, 흉노의 침입에 고민하던 한나라는 그들과의 우호
수단으로 BC 33년 왕소군을 흉노의 호한야 선우(呼韓邪單于)와 혼인시키고
평화를 유지한다.

절필

자꾸 꿈을 꿔
어릴적 저수지에서 멱 감던 일
바람 넣은 비료포대에 의지하다가
겨우 둑 근처나 맴돌다가
그러다 조금씩 가운데로 나아가
어느 날 건너기에 나섰는데
애들은 앞서거나 뒤서거니 하고
자맥질하여 바닥을 치고 나오고
나는 뒤쫓는 것도 보는 것도
그냥 좋았는데
중간쯤이나 왔을까
어느 순간 애들은 없어지고
가야 할 둑은 까마득하고
되짚어 돌아서려는데
온 길 또한 아득하여 보이질 않았는데
맥은 풀리고
아무것도 할 수 없었는데
이렇게 죽는구나 하는 생각
그때 했는데
그 꿈

아직도 생시인 듯 또렷한데
나는 지금 되지도 않는 시詩를 잡고
언저리를 서성이고
끊어야지 끊어야지 하는 다짐만
다잡고 있는데

단순함 혹은 가벼움

친구 병원에 들렀다가
떨고 있는 모녀를 보았다.
예쁘게 치장한 의자 위에
웅크리고 앉아
눈물 글썽이고 있었다.
닫힌 문 안쪽은
침묵에 싸여 있는데
혹여 사랑하는 남편, 아빠가
저 넘어 흰 침대 위에
누워 있는 것일까
질긴 목숨줄 잡고
힘겨운 싸움이라도 하고 있는 것일까
들어설 때부터
다가온 애처로움이
가슴에 와 박혀 떠나질 않았다.
그러다 어느 순간
기다리던 친구 녀석이 나오고
'반려견 제왕절개 100만원'이란 문구도
눈에 들어오고
아!

그때서야 나는
내가 동물병원에 서 있고
친구 녀석은 수의사며
닫혔던 문 저쪽에서는
푸들이 누워 수술을 받았고
모녀는 그를 위해
안타까움과 간절함으로
기도하였음을 알아차렸다.
착각이었다는 생각에
얼굴은 붉어져 오는데
그것이
내 단순함에 대한 것인지
아니면 짧은 순간에도
생명에 대한 가치를 저울질한
내 가벼움에 대한 것인지
그것은 모르겠다.

들리는 풍문에 의하면

마을과 산이 점령당했다고 했다.
밤이면 인적조차 끊긴다고 했다.
허물어진 집이나
그 근처 후미진 곳에서는
찢겨진 깃털이 수북하다고 했다.
발톱을 세운 결과라고 했다.
정 믿기지 않으면
밤마다 숲 밝히는
반짝이는 눈빛들 보라 했다.

들리는 풍문에 의하면
살기 위한 본능이라고도 하고
버려진 것에 대한 원한이라고도 했다.
밤마다 무리지어 마을로 내려오는 것도
언젠가 버려질 동족을 찾아내
미리 싹을 자르기 위한 것이라고도 했다.

소문에 의하면
아직도 몇몇 집에서는 반려동물을 기르고
또 언제 버려질지 모르는 그것들은

그곳에서
한껏 호사를 누리고 있다고 했다.

완벽한 아침

지하철 안
맞은편에 앉은 여자
가방을 연다.
스킨과 로션을 바르고
분칠을 한다.
다시 눈썹을 그리고
입술을 칠한다.
일필휘지의 손놀림
서너 역쯤 지나쳤을까
다시 가방을 닫고
머리칼 흔들며 일어선다.
완벽한 아침이다.

명절, 고향 풍경

풍장을 치며 명절을 달구던
마을을 울리며 윷놀이하던
어깨를 맞추며 술추렴하던
넉넉했던 풍경
다 어디로 가고
옛 공판장 앞에도
마을 고샅에도
사람들 하나 보이질 않았다.

작은 바위 얼굴

도 청사 남쪽 길 초입에
사람 얼굴 닮은
조그만 바위 하나 놓여 있어
누가
왜
언제
가져다놓았는지 알 수 없지만
무심히 지나치다가도
그 얼굴 보노라면
가끔씩 두려운 생각이 들어
누군가 지켜보고 있다는 것
알려주는 것 같기도 하고
네 얼굴이 지금 어떤지 아느냐고
묻는 것 같기도 하고

왜 그런 생각이 드는지
정말 알 수는 없지만,
그래도 하나는 분명한 것 같아
보이는 얼굴은
보는 사람의 것이라는 것

만약 그것이 맞는다면
누가, 왜
작은 바위 얼굴
청사 초입에 세워놓았는지
알 수도 있을 것 같아

그렇지 않아

출금전표

어머니가 갖고 계신
출금전표 수십 장에는
계좌번호와 금액만 기재되어 있었다.
필요한 만큼 적힌 금액의 전표를 찾아
삐뚤빼뚤 이름을 적고
꼭꼭 숨겨둔 도장을 찍어
은행에 가서 비밀번호를 적어내면
한 장의 전표는 생명을 다한다.
말씀 없으시니
문제없겠거니 했는데
선친께서 돌아가신 후
그렇게 세상과 타협하며 적응하며
살고 계셨다.
죄스러운 생각에
차마 곁을 떠나지 못하고 있는데
어머니께서는 돌아앉아 웅크린 채
바삐 치우시기만 하실 뿐
아무 말씀도 없으셨다.

4부

노을 1

불꽃, 저리 화려한 것은
미처 피워보지 못한
아쉬움 있기 때문이리.

마지막 남은
살점 하나 뼈 하나
모두 모아
혼신의 불 지피는 것이리.

노을 2

누구나 한번쯤
저 불꽃처럼 화려하길
갈망한 적 있었으리.

나도 한때 가슴 뛰고
얼굴 붉던 시절 있었나니
열병으로 덧나던
그런 시절 있었나니.

노을 3

그래
그래
그만하면 됐어

우리의
사랑도
노래도
저렇게 붉게 물들었나니

빗소리 1

1층으로
사무실 옮긴 날
비가 왔다.
또닥또닥
딱딱
소리 울리며
지상에 내려앉았다.
아스라이 번지는 물빛.
수맥질하듯
딛고 선 두 발을 타고
내 가슴에도 물살 오르고
쿵쿵
심장 뛰는 소리
들렸다.

빗소리 2

취업한 지 1년 남짓한 아들놈이
매일 자정을 넘어서야 퇴근한다고
가족 채팅방에 글을 올리고 있다.
무슨 말이라도 해야겠다는 생각은
휴대폰 화면 속을 맴도는데
그때, 꿈결인 듯
후드득 후드득
비 떨어지는 소리 들렸다.
창문 틈새로 보이는
건물 외벽과 잇대어 있는 화단
회양목 한 그루 그곳에서
부르르 몸을 떨고 있었다.
그리 흔들리고
스며들고 있었다.

빗소리 3

대학을 졸업하고
처음 입사한 회사의 벽면에는
연중무휴체제 확립이라는 글귀가
박제되어 걸려 있었다.
하루하루를 보낸다는 것이
어찌나 고된지
몇 년의 시간이 지나고도
이게 무언가 하는 생각은
좀처럼 떠나지 않았다.
사표를 썼다
다시 가슴에 묻고
그렇게 하는 날들이
얼마간 반복되었다.
그러는 동안에도
아내는 아무 말도 없었다.
그러다가 어느 여름날
요란스런 빗소리에
창틀 앞을 서성이는데
가만히 다가와
팔짱을 끼고

그 물빛, 빗소리
같이 바라봐주었다.

내포일기 1

술 생각이 간절할 때가 있다.
사람이 그리울 때다.
이 친구 저 친구 떠올려보지만
이미 먼 거리에 그들은 있다.
독작獨酌할 수도 있지만
그것은 외로움을 더 키우는 일일 뿐이다.

같이 근무하는 직원들과는
퇴근시간까지만이다.
십중팔구는
사무실에 떠도는 풍문을 듣거나
낮일의 연장이 되기 쉽기 때문이다.
화제를 돌린다 해도
같은 처지의 곤궁함으로
공허함만 더해진다는 것을
안다.

할 수 있는 일이란 것이
혼자서 할 수 있는 일이 전부다.

신도시로 이주한 후부터
번잡스런 도시가
제 흥에 겨워 커진 목소리가
그 속에서 나누던 술잔이
그리울 때가 있다.
지독히 그리울 때가 있다.

내포일기 2

퇴근을 하고
계단을 올라 복도를 지나쳐
마침내 문 앞에 다다랐을 때
짙은 어둠과 적막은
완고하게 채워져 있었다.

밀고 들어설까
돌아설까
순간에도
갈등은
풀풀 날리는데

다시 바라보면
갈 곳도
돌아설 곳도 없는
벽壁

생시인 듯
꿈인 듯
버티고 서서

비켜서질 않았다.

내포일기 3

도청 청사 옆 인공연못에
송사리가 산다.
누군가 인근 지천을 뒤져
옮겨놓았으리라
억새 숲도 만들고
부레옥잠도 띄우고
자갈도 깔린
새로운 세상.

길 건너 그 건너
끝머리에 내가 산다.
살던 사람도 동물도
사라진 벌판
산과 들을 밀고
바둑판처럼 구역을 나누고
벌집처럼 만든 마을
풀씨인 듯 날려와
자리잡은
땅

무심한 오후
비켜선 햇살에 기대
송사리가 살고
내가 산다.

내포일기 4

앞방에서 고양이를 키웁니다.
애처롭게 우는 소리가 들립니다.
하루 종일 기다리는 주인이
오늘도 늦는 모양입니다.
복도를 지나는 발소리에도
반응을 합니다.
사람 사는 일이 거기서 거기이듯
짜증이 나고
견딜 수 없는 것은
마찬가지인 모양입니다.
양옆으로 길게 늘어선
이 방 저 방에서
거친 문소리가 들립니다.
그러거나 말거나
잠시 멈췄던 고양이는
다시 울기 시작합니다.
사람과 사람이
사람과 동물이
방 하나씩 차지하고
신경 곤두세우는
고역스런 밤입니다.

내포일기 5

전생에 무슨 덕을 쌓았느냐고 출장길에 들른 친구가 묻습니다. 술을 한잔 하고 원룸으로 돌아온 뒤였습니다. 주말부부로 사는 내가 부럽다는 겁니다. 업보라고, 힘들다고, 외롭다고 내내 이야기 했는데 또 딴소리를 하고 있습니다. 애초에 내 얘기를 들어줄 것이라 믿었던 것이 잘못입니다. 텔레비전, 냉장고, 세탁기, 작은 옷장, 소꿉장난 같은 살림살이를 둘러보는 눈에서 뚝 뚝 부러움이 떨어집니다. 오직 적막한 내 생활은 관심 밖입니다. 흐린 날의 저녁 무렵 같은 술기운만 방안에 넘실댑니다.

어머니의 근심 1

놓쳐
자꾸

이러다
아주 놓치면
그러면
어떻게 하지

어머니의 근심 2

많은 약을 빠짐없이 챙겨먹어야 한다는 것이
어머니의 근심거리가 된 것은 오래 전의 일이다.
아침에 먹는 약, 점심에 먹는 약, 저녁에 먹는 약
하루에 한 번 먹는 약, 두 번 먹는 약, 세 번 먹는 약
증상에 따른 복용이라기보다는
시간대 별로 구분해 나누고
어떤 때는 한 주먹을, 어떤 때는 몇 알의 약을
습관처럼 챙겨 드시고 있다.
참 용하다고 생각했는데
진작 당신이 못 미더운 어머니는
생각이 날 때마다 세어보고
순서대로 정리하는 것을 반복한다.
어머니를 지탱하게 하는 것이
약기운 때문인지
약을 챙겨야 한다는 근심 때문인지는 알 수 없지만
근심 때문이라면
그런 것이라면
얼마든지 지켜볼 수 있는 일이다.

꽃게

선친께서는 꽃게를 좋아하셨다.
별 양념 없이도
된장 풀고 끓인 꽃게탕이면
그만이셨다.
손으로 집어 우걱우걱 씹고
홀홀 국물까지 모두 비우시고
잘 먹었다 잘 먹었다
여러 번 말씀하셨다.
하시는 말씀이 칭찬으로 들렸는지
드시는 모습이 좋았는지
아내는 시장에 들를 때면
꽃게 몇 마리
바구니에 담는 것을 잊지 않았다.
지난 휴일 오후에
아내와 같이 시장에 들렀는데
꽃게
톱밥을 이고
빤히 올려다보고 있었다.
멈칫거리다
제철이 아닌 모양이라고

싱싱하지 않다고
애꿎은 꽃게만 나무라다
돌아서고 말았다.

충서忠恕를 기본으로 하는 생활시의 미학

최광임/ 시인, 두원공대 겸임교수

어느 해인지 기억나지는 않지만 2000년대 초반 두부두루치기가 유명한 진로집이었을 것이다. 일이 늦어진 나는 그날도 모임의 파장이 다 되어서야 갔고 나를 기다리고 있던 두세 명의 선배들을 만났다. 그 중에 처음 보는 분이 있었는데 그가 김남규 시인이었다. 그들은 내 지도교수님인 고 박명용 교수를 따라서 대전문학의 한 축을 이끌어가던 열혈 시인들이었다. 모임의 명분은 잡지를 발간하는 일에 대해 논의하기 위함이었는데 내가 늦은 만큼 술이 몇 순배 급히 돌았고 앞으로 우리가 해야 할 일에 관한 이야기를 했다.

그날 나는 막연하지만 한 가지 확신을 가졌다. "이 선배들이 함께하는 지도교수님과의 일이라면 나도 선배들 믿고 따라가면 되겠구나"라는 생각이었다. 이들은 고 박명용 교수님과는 동인 선후배라는 점이 제자라는 것보다 더 믿음이 생겼다. 그 믿음의 인연이 지금까지 이어져『시와경

계』를 만들어 오고 있으며 김남규 시인의 세 번째 시집『식구들의 수다』발문을 쓰고 있다.

시, 일상의 힘

김남규 시인의 시는 생활시이다. 오십 후반을 맞이한 그가 사회와 직장, 그리고 가정에서 파생되는 갈등과 연대, 자기 회복을 진술한 문체로 형상화했다. 우리 사회의 보편적인 중년 남자가 일상으로 엮인 관계를 통해서 얻게 된 마음의 이력을 진술한 문장으로 풀어놓은 시들이라 할 수 있다.

우리 사회는 위안, 가족, 공동체 같은 의미를 간절히 그리워하고 있다. 그만큼 사회가 각박하고 여러 계층 간의 갈등이 고조되었다는 반증이기도 하다. 그런 의미에서 김남규 시인은 "이번 시집이 아내에게는 헌시가 되고/ 아이들에게는 행복한 기억이 되었으면 좋겠다"라고 「시인의 말」에 언급했듯이 아내와 아이들을 위한 가족시로 묶어도 무방하다.

신자유주의 시장경제사회 속에서 우리는 저성장 저고용이라는 악성적 경제구조의 장기화를 겪고 있다. 이는 기본적으로 노인복지, 저출산, 대량실업 등 사회적 문제를 안고 있으며 나아가 가족해체나 1인가구를 양산하고 인간 소외가 사회적 문제로 대두하게 되었다. 이러한 때에 김남규 시인의 가족을 소재로 한 생활시집은 의미를 가질 수밖에 없다. 사회와 가족 구성원이 겪는 마찰이나 아버지와 아들 사이에 발생한 갈등을 푸는 방식, 나아가 부모세대와 자녀세대의 언어를 절충하고 대화법을 익혀가는 과정 등을 진솔하게 담아냄으로써 가족간 틈이 뚫리고 어긋나기도 했을 것들까지 아우르는 시인의 솜씨가 유감없이 드러난 작품집이기 때문이다. 특별하기보다 일반적이라고 할 수 있는 한 가정의 이야기를 시인의 마음과 눈으로 그려냄으로써 서로를 사랑하는 일, 사랑을 지켜나가는 일이 얼마나 큰 힘이 되는가를 보여준다. 그 첫 번째 대상은 아내이다.

두 달 넘게 제한급수를 받고 있습니다.
이만저만한 고통이 아닙니다.
예년에 비해 적은 강수량이 원인이지만
송수관이 낡아 그냥 새는 양도 많고
물 쓰듯 한다고
귀한 줄 모르는
잘못된 생활습관의 탓도 있다고 합니다.
혼자 산다고 해도
먹고 나면 씻어야 할 그릇 생기고
지나면 빨래거리 쌓이게 마련입니다.
시간 맞추어 퇴근을 하고
욕조는 막고, 물통은 들고
분수처럼 터질 수도꼭지 바라보다가
아내여
문득 우리의 사랑도 이렇게 가물어
물길 끊기면 어쩌나 하는 생각했습니다.
주말부부로 사는 일이며

25년 넘은 결혼생활

물샐 구멍 생길 수 있고

무심코 행하는, 습관처럼 익숙한 일상들이

혹여 물길 끊을지 모른다는 생각

들었습니다.

무슨 근심만 그리 키우느냐고

타박할지 모르지만

이런저런 생각에 막힌 것 투성이어서

오늘은 더 목마른 여름밤입니다.

─「가뭄」 전문

　시인의 직장이 대전에서 홍성군 홍복읍 소재 내포신도시로 이전하면서부터 주말부부가 되었기 때문에 내포에서의 가사는 혼자 해결해야 한다. 시인은 가뭄과 낡은 송수관이 문제라고는 하지만 아직 도시가 제대로 조성되지 않은 탓인지 여름인데 급수를 제한하는 사태가 벌어졌다. 집이라면 아마도 아내를 믿고 시인은 신경쓰지 않았을 것이나 어쩔 수 없이 혼자 해결해야 할 문제이다. 두 달 넘도록 이어지는 한여름의 제한급수에 적응해가던 중 문득 아내와의 사랑을 점검하기에 이른다. 생각해보니 결혼해서 사는 동안 힘들거나 속상하거나 서운했을 일이 어디 한두 번이었겠는가 싶어진 것이다. 더욱이 주말부부가 된 후 함께 있는 시간이 줄어들면서 그간 "무심코 행하는, 습관처럼 익숙한 일상들이" 어느 날 물길 끊기는 것처럼 끊어지게 될지 모른다는 염려가 한여름 목마름같이 커진다.

시인은 어느 지점에서든 자신을 돌아볼 줄 아는 사람이다. 나로 하여 발생했을 수 있는 일, 내가 놓치고 지낸 어느 지점, 내가 무심코 했을 행동, 말 등을 자각할 줄 아는 사람이다. 공자는 끊임없는 수양과 학습을 통해 천명을 깨닫는 일이 인성이라 했다. 또한 인仁을 구현하는 방법으로는 마음의 중심을 잡아 흔들리지 않는 것 즉 내적인 자기완성을 충忠이라 하며 나와 타인의 마음을 동일하게 여기는 사회적 차원의 자기완성을 서恕라 했다. 그것이 언제나 도리에 합당한 결과로 나타날 수 있도록 할 때 인성仁性이 되었다는 것인데, 김남규 시인은 본인이 인지하든 그렇지 않든 충과 서의 조화를 이루어 가려는 노력의 흔적이 편편의 시에 드러난다.

"아내가 대화방을 만들었다"로 시작하는 표제시 「식구들의 수다」에서는 다음날 일할 생각에 잠을 걱정하면서도 아내와 아이들의 수다를 흡족한 마음으로 오래도록 지켜보는 상황을 그리고 있다. 이 과정에서 시인은 아이들과의 낯선 대화법을 익히려는 긍정적인 자세를 갖는다. 시인은 아이들이 쓰는 이모티콘과 '맛점'과 같은 줄임말 등이 마뜩지 않다. "얼마나 공감하는지는 모르지만"이라고 말하는 것으로 보아 시인세대의 정서에는 맞지 않다는 것으로 짐작할 수 있다. 그런가 하면 이내 "생각보다 괜찮다 싶기도 하"다고 여긴다. 시인이 아이들의 언어를 이해하려는 긍정적 자세를 갖는 것이다. 하루는 늦은 시간까지 카톡 카톡 울림음에 잠잘 시간을 놓치고는 "그만 자자/ 나도 날리고 싶은데/ 그래도/ 첫 번째 올리는 댓글이/ 그래서는 안 되겠다 싶어/ 멍하니 그 수다/ 밤새 지켜보고 말았다"라는 것이다.

김남규 시인의 사람됨이 드러나는 대목이기도 하다. 세대 간의 차이를 좁히기 위한 방법으로 아이들에게 어른들의 어법을 사용하라고 강요하지 않는 대신 시인이 젊은세대의 대화방식을 배우려는 긍정적이고 열린 자세이기 때문이다.

변화 의지로 연대

1970년대 이전에 출생한 사람들 다수의 의식엔 부지불식 간 가부장적 문화가 잔재해 있는 편이다. 가부장적인 문화의 가장 큰 폐해는 남성 중심이라는 점이다. 남편 중심, 장남, 외동아들, 남자아이 우선으로 사회, 가정의 문화가 형성되었다. 동양에서의 가부장적 문화 형성은 인류 생존 방식의 특성으로 지혜가 담긴 당연한 문화였다. 인류 역사 이래 농경사회를 이루어왔던 아시아 지역에서는 당연히 농사의 경험이 많은 노인, 그 중에서도 힘세고 농사일을 가장 많이 해본 남자 노인의 경험과 지혜가 절대적으로 필요하였던 이유이다. 그런 문화가 현격히 변화를 겪게 된 시기는 도시 공업 발달과 맞물려 농업이 쇠퇴하기 시작한 1960년 대부터이다. 그 이후 사회는 급격히 변하면서 여성도 대학 교육을 받아야 한다는 인식이 자연스러워지기까지 했다. 그러니까 6,70년대 출생한 세대들은 가부장적 교육이 자연스러운 일이었다.

　김남규 시인 또한 그 세대이므로 부지불식간에 가부장적인 의식이 있다는 점을 부정할 수는 없다. 이는 아내의 이야기에서도 드러난다.

　　아내와 딸아이가 여행을 떠나고
　　홀로 남겨졌다.
　　국이며, 찬거리를 어디에 두었다고
　　몇 번씩 설명했지만
　　정작 전기 주방기구의 사용방법은
　　알려주지 않았다.
　　이리 해보고 저리 해봐도
　　불꽃은 일어나지 않았고
　　국을 데우는 것은 고사하고
　　라면 하나도 삶아먹지 못할 처지가 되었다.

　　　　　　　　　　　　　　　　—「아내의 외출」전반

　전반부의 이 시를 보노라면 김남규 시인의 가정에서 모습을 그려보고도 남음이 있다. 앞서 말한 바와 같이 시인이 태어난 시기의 문화는 외동아들, 장남, 남자아이, 남편이 가정 내에서 무엇이든 우선되는 풍토였다. 그런 만큼 '남자는~, 남편은~'이라는 자격 조건이 뒤따랐으며 그것을 충족시키기 위한 방법을 가정교육의 기본으로 삼았다.

　그러나 현대사회는 가부장적 문화가 인권과 평등을 저

해하고 차별한다는 이유에서 변화를 요구한다. 기실 공업화로 모든 일이 매뉴얼화된 시대에 노인 주도의 가르침 같은 건 필요하지 않는 시대가 되었음을 인지한다면 이해하기 쉬워진다. 그럼에도 시인의 의식에 잔존하는 구시대의 습이 있다. 이는 시인만이 아니라 이 세대의 특징이기도 하다. 이때 다른 점이라면 시인은 권위적인 모습을 보이지 않고 변화하려는 의지를 보인다는 점이다.

물론 가사를 분담하는 등의 행동만큼은 변하지 않았다. 시인이 그렇게 살 수 있었던 데는 남편에 대한 아내의 긍정적 호응과 일방적 돌봄이 있었기에 가능했다. 비단 아내는 가사뿐만이 아니라 삶의 전반을 그러한 자세로 이끌어왔다는 것이 편편의 시에서도 드러난다. 이 지점에서부터 김남규 시인의 수양하는 인성이 드러나게 된다. 일생 가사를 돕지 않아도 되도록 해준 아내에 대한 고마움과 믿음이 절대적이다.

세대차가 있는 아이들과의 대화법에 익숙하지 않은 가장은 아내의 조곤조곤한 건의에 전적으로 따라준다. "첫 번째 올리는 댓글이/ 그래서는 안 되겠다 싶"(「식구들의 수다」)은 것이며, "우리 때하고는 달라/ 오랫동안 앉혀놓고 잔소리하지 말고/ 화난 사람 같은 표정 짓지 말고/ 우리 아들에게도 응원이 되고/ 그 애에게도 평생 기억될 말/ 그 한마디만 해"(「아내의 부탁」)라고 하는 아내의 완곡한 부탁을 마음에 새겨 고심하고 있다.

부부란 서로의 부족한 부분을 채워주고 덮어주며 살아야

한다는 것이 문법 같은 것이지만 사람의 성정이 상대의 부탁에 혹은 타이름에 성의껏 교정하고 답변하기란 쉬운 일이 아니라는데 부부간 문제가 발생하는 법이다. 김남규 시인은 그런 점에서 가부장적인 남자라 할 수 없다. 아비로서 어른으로서 해야 할 언행을 스스로 점검하는 자세를 견지함으로써 시대의 변화에 맞는 어른이 되고자 하는 자기 수양을 전제로 하고 있기 때문이다.

지구만 움직이는 것이 아니라 세상도 움직인다. 예견하지 않거나 혹은 예견되었거나 하는 크고 작은 갈등이 끊이지 않고 일어난다. 자연과 자연, 자연과 사람, 단체와 개인, 개인과 개인 수없이 많은 관계들이 삐걱거리고 갈등하며 길항한다. 시인에게도 그런 갈등은 존재한다. 자아나 사랑 같은 내면의 비가시적인 갈등이 아니라 외적이고 가시적이다.

시인은 아들에 대한 걱정이 크다. "아들이 섬세한 성정을 지녔고 딸애가 옹골진 면이 있다는 것을"(「원룸에서의 하룻밤」) 알기 때문이다. 시인은 자신의 아버지와 아들 사이에 생각이 머문다. 본인의 아버지로부터 배웠던 염려의 눈이 아들에게로 내리사랑이 된 것도 이유 일수 있다. "생전에 선친께서는/ 시원찮은 놈이 되지 말라고 하셨다.", "철들기 이전부터/ 무릎 저리고/ 귀에 딱지 앉도록 들은/ 그 말씀"(「적과摘果」)을 지침으로 삼아 살아온 터였다. 그렇기에 '실망'할 일이 생길 때마다 아버지가 말씀하신 '시원찮은 놈'이 되지 않으려 절치부심했던 것처럼 자신에게도 '실망'을 보여주지 않으려는 아들의 노력을 볼 수 있었으면 하는 바람을 내포하고 있다.

"아들에게 모진 말을 했습니다. / 못 알아들었다면 답답한 일이고/ 알아들었다면 가슴 아픈 일입니다"(「갈등」)에서 보듯 세대간 이해의 정도에 따른 소통이 문제이다. 아버지와 시인 간에도 세대차이가 있었겠지만 기실 그 변화의 정도는 대동소이했다면 시인세대의 문화와 아들세대의 문화의 변화 양상은 계측불가이다. 이 지점이 시인 부자의 갈등 요인이 되는 셈이다. 그 사이에서 아내의 역할이 중요하게 작용하고 시인은 아내의 의견에 전적으로 동의하고 실천하기 위해 부심한다. 가정이든 단체이든 서로에 대한 배려와 이해 없이는 연대할 수 없다는 점을 시인의 시를 통해서 보는 것이다.

다른 한편의 나 또 시인

아마도 과학의 발달로 인한 사회 구조의 변화 속도가 급격히 빨라지고 있는 탓도 있겠으나 언제부턴가 우리는 세상의 변화를 감지하지 않고서는 안정적인 삶을 보장받을 수 없게 되었다. 사회는 물질과 구체적 성과만을 중시하게 되고 가능한 희망이나 도덕적 가치 같은 것들은 비현실적인 하위의식으로 취급한다. 이러한 세태의 세상 사는 방식을 고민 없이 받아들인 대중들이 늘고 사회 문화의 주류가 되었다. 따라서 우리 사회는 '가치'의 몰락으로 인해 상대적인 박탈감, 소외 등의 고질적인 병폐를 양산하고 있다. 이에 따른 가장 큰 문제로 도덕적 가치가 몰락했다는 점이다. 중장년세대는 그 지점에서 갈등하게 된다. 이 세대는 생명, 윤리 같은 비가시적 가치의 소중함을 교육받았으며 그것을 지향하는 일이 사람답게 사는 길이라는 것을 신념으로 삼고 있는 세대라 할 수 있기 때문이다. 김남규 시인도 예외는 아니다.

내가 시인인데

블랙리스트
화이트리스트
그 어디에도 내 이름은 없었다.

나는 잘못 살고 있는 것일까?

—「궁금증」전문

한마디로 이 시대는 어떻게 사는 것이 잘 사는 것인지 개인의 신념만으로는 가늠할 수 없게 된다는 말이겠다. '문화계 블랙리스트' 사건이 있다. 이 사건은 여러 시인들을 분노하게 하거나 자괴감에 빠지게 했다. 제18대 정부 시절 문화예술인들은 부당하다고 여긴 국가정책에 반대 서명을 했다. 정부는 그 예술인들의 명단을 작성해 지원사업 등에 차등을 둔 사실이 뒤늦게 알려졌던 것이다. 민주주의 국가에서 인권을 존중하고 예술혼을 부흥시켜야 할 정부의 문화

관광부가 행한 비민주적 사실이 알려지면서 큰 충격을 주었다. 참여 시인들은 여러 문학 공모제에서 번번이 탈락하는 이유를 그제야 알게 되었다고도 했다. 한편으로는 불의한 정부에 항거하고 얻게 된 대가라며 자부심을 갖는 시인들도 있었다.

반면에 삶과 문학을 치열하게 해왔음에도 서명 참여를 못했거나 직장이란 특수 여건에 따라 참여하지 못했던 시인들은 뭔가 놓친 듯 아쉬워하기도 했다. 또 한편으로는 누군가는 정부에 적극 협조한 대가로 '화이트리스트'가 되어 갖은 혜택을 받은 시인은 없는가, 하는 시선도 있었다.

요는 어디에도 속하지 않은 혹은 못한 김남규 시인과 같은 많은 작가들이 "나는 잘못 살고 있는 것일까?"라는 자괴적인 물음을 하지 않을 수 없었다는 점이다. 블랙리스트 명단에 들어 있는 시인이 특별히 훌륭한 시인이라고는 할 수는 없으며 그 시기에 참여하지 않은 시인이라 하여 시대의식이 없는 시인이라고 할 수 없음에도 불구하고 '문화계 블랙리스트' 사건은 사회에 큰 파장을 일으켰던 것이다.

민주주의는 다수에게 이로우면서 민주적인 것을 정의로 보아야 한다는 점을 전제할 때 시인뿐만 아니라 시민 또한 사회문제에 적극 동참해야 옳은 일이다. 그러나, 그럼에도 불구하고 세상 모든 옳은 일에 개개의 시인이 모두 참여한다는 것은 실질적으로 불가능하다. 이때 많은 시인들은 김남규 시인과 같은 심정이 되기에 충분하다.

시인의 자질이란 태생적으로 시대에 불온할 수밖에 없

다. 매끄럽고 무난해서 아무 문제가 없는 것, 그래서 누구나 다 인지하고 즐길 수 있는 것들을 반복적으로 노래할 필요는 없기 때문으로 그것들은 그 자체만으로 충분히 충만한 탓이다. 시인은 매끄러운 것 안에 포함되지 않는 것, 즐기지 못하는 것 그래서 소외되고 슬프거나 불행하다고 느끼는 것들과 연대하며 그것들을 노래하고 공감해야 한다. 그리하여 서로가 문제없는 상태로 가는 길목을 틔워주는 것을 소명으로 삼는 자이다. 김남규 또한 "내가 시인"이어서 그 소명을 잊은 적 없다는 점을 전제하는 것이다.

왼쪽으로 어깨가 처졌어
평형을 맞춘다는 마음으로 걸어봐
보폭은 크게 하고
시선은 멀리 보고
가슴은 앞으로 내미는 듯하고

모임을 마치고 돌아오는 길
친구의 잔소리가 뒤따르고 있다.

나이 먹어서 그렇지
지나치듯 또 다른 친구가 거들었다.

아니야
습관이야
무의식 때문이야

설령 그렇다고 해도

그럴수록 다 잡아야 해

그래야 중심을 잡는다고

중심을 잡아야 흔들리지 않고

흔들리지 않아야 똑바로 걸을 수 있는 거라고

폭풍 같은 잔소리에 뒤를 내주고

그에 밀려 돌아오는 길

한쪽으로 기울어 살지 않았냐는

책망 같기도 하고

앞으로라도 똑바로 살라는

충고 같기도 한 목소리가

아파트 회색 건물 벽 사이를 돌아

길게 번지고 있었다.

—「걸음걸이」 전문

　김남규 시인의 기본 사유 방식은 자기 점검, 자기 반성이다. 이 말의 이면에는 나름의 '중심'을 잡고 살아왔다고 여기는 삶이 본인의 아집만은 아닌지, 시대에 맞지 않는 것은 아닌지, 설마 변하지 않고 그대로인지 반추한다는 의미를 내포하고 있다. 반성하지 않는 삶은 도덕적이지 않다. 도덕적이지 않다는 것은 '양심'을 들여다볼 줄 모른다는 것이고 '가치'를 모른다는 것이 된다. 그러므로 "평형을 맞춘다는 마음으로 걸어"보라는 권유는 "습관"이나 "무의식"이 만들어낸 몸의 형태일 수도 있다는 말인데도 시인은 "중심을 잡아야 흔들리지 않"는다는 말까지 마음에 넣는다. 시인의 품성으로 자기 점검인 셈이다. "한쪽으로 기울어 살지 않았냐"라는 책망이나 "똑바로 살라는" 충고는 아닐까 하는 것까지 자기 반성의 범주에 끼워넣는 것이다. 내가 옳다고 여기고 살아온 것들이 타자에게도 옳은 것이었을지, 타자의 시선 따위는 생각하지 않고 언제나 중심을 잡고 산다는 나혼자만의 생각은 아니었는지에 대한 자성이다.

김남규 시인은 자기만의 삶을 살았다기보다 사회적 퍼소나에 치중한 삶의 비중이 크다. 물론 중년 남자 다수가 살아온 대한민국의 일반적 삶의 형태일 테지만 그가 유독 사회적인 삶에 치중했다고 보는 이유는 여러 편의 시의 소재들이 타자에 의한 자기 반추가 주를 이루고 있기 때문이다. 이는 글 서두에서 말한 사회적 차원의 자기 완성인 서恕를 수양해온 이력이라 할 수 있다.

지하철에서 학생이 양보하는 자리에 무심코 앉는다. 그 학생이 다음 역에서도 내리지 않는 것을 보고 시인은 민망해진다. "근래 들어/ 부끄럽고 낭패스러운 일들이/ 너무 잦다"(「지하철에서」)라고 자책한다. 어른은 사회적 지위나 벼슬이 아니다. 그럼에도 나이든 사람들은 아무에게나 스스로 대접을 받고자 하는 강한 의지를 표출하고 충족되지 않을 때, 때로는 타인과 싸움까지 불사하는 상황을 종종 볼 수 있다. 시인은 그 점을 자책한다. 자신의 많은 나이를 부지불식간에 의식하고 잠재화한 것은 아니었는지를 점검하는 것이다. 시인이 생각하는 나이 먹었음이란 지위나 권위를 말하는 것이 아니라 자연의 섭리와 맞물린 생물학적 몸의 오래됨을 인지하는 것이어야 한다. 그럼에도 불구하고 무심코 대우받는 것이 당연하다는 행동을 하고 말았다는 것에 대한 자책이다.

사람은 반성이나 부끄러움을 느끼지 않게 되면서 도덕적으로 해이해지고 위선적이게 되기 쉽다. 거짓의 내가 타인을 생生하는 일 자체가 모순이 된다. 반대로 부끄러움은 타인을 내 삶처럼 생하려는 의지, 즉 인仁이라는 덕성을 지녔을 때 가능하다. 이때 인은 선택적 사랑일 수밖에 없는 것으로, 타인을 나와 같이 여기는 것인데 내가 어질지 않고서는 타인도 나도 생生할 수 없기 때문이다.

"술 생각이 간절할 때가 있다./ 사람이 그리울 때다./ 이 친구 저 친구 떠올려보지만/ 이미 먼 거리에 그들은 있다./ 독작獨酌할 수도 있지만/ 그것은 외로움을 더 키우는 일일 뿐이다."(「내포일기 1」)에서도 알 수 있듯이 시인은 사람 관계의 소중함을 안다. 한 사람의 됨됨이나 품성은 타인과 관계 속에서 형성되고 비추게 마련이다. 내가 모든 이를 생生할 수 없으므로 선택적일 수밖에 없다. 시인의 선택은 허심탄회한 마음으로 술을 마실 수 있는 좋은 사람이다. 시인은 술을 좋아한다. 술은 시인만의 즐거움 찾기 같은 것이다. 「술」, 「어떤 처방1, 2」, 「내포일기 5」 등 연작시에 술이 소재로 등장할 정도이다. 시인이 술을 좋아하는 것도 어디까지나 좋은 사람을 만나 한잔 하는 것을 즐기는 데 있다. 혼자

서는 마시지 않는다. 부조리하고 정의롭지 않으며 경쟁만
이 삶의 수단이 되어버린 세태 속에서도 김남규 시인은 자
존을 바탕으로 함께 살기 위한 삶의 방식을 귀중하게 여긴
다. 그 바탕에는 충서를 이루기 위해 끊임없이 수양하고 학
습하기를 멈추지 않는다.

가치 전도된 사회에서 살아가기

곡기 끊은 채
짐승 같은 울음
울고 있는데

우르르 몰려온
한 무리의 사람들
치킨이며, 피자
냄새 풀풀 풍기며
와자지껄 오찬
즐기고 있다.

또 다른 한편
한복을 곱게 차려입은 아낙들
태극기 흔들고
굿을 하듯
북을 치고

부채춤을 추고
넙죽넙죽 절을 하며
야단법석 벌이고 있다.

짙은 황사가
봄날, 햇살을 막아서고 있다.
　　　　　　　　　　　　　ㅡ「2015년 3월, 대한민국」부분

　김남규 시인에게는 사람이 해야 할 일과 해서는 안 되는
일에 대해 엄격한 구분이 있다. 물론 대다수의 사람이 그
점을 인지하고 살아가는 것이겠지만 필자가 보아온 바로도
그에게는 다른 사람들보다, 시에 드러난 것보다 더 강력한
의식으로 자리하고 있다 하겠다. 시전문 계간지를 만들면
서 어쩌다 이상한 시인으로부터 겪게 되는 불합리한 일을
전할 때가 있다. 김남규 시인은 그가 그렇게 하는 행동은
일고의 여지가 없으므로 상대하지 말라는 단호함을 보이기
도 한다. 반대로 좀 더 참는 것으로 이해 가능한 수준이라
면 필자가 그를 이해하도록 돕는다. 삶이라는 것이 사람이
해서는 안 되는 일과 꼭 해야만 하는 일이 있다는 것에 대
한 신념인 셈이다.
　2014년 4월 세월호 참사가 일어나면서 우리 사회는 변했
다. 이성적인 사람과 사람으로서 해서는 안 되는 일을 서슴
지 않는 집단이 버젓이 우리 사회에 드러났다. 대다수의 사
람들은 비인간적 비이성적인 사람들의 집단행위를 보면서

경악을 넘어 분노했다. 단식하는 세월호 유족 앞에서 고소함으로 식욕을 자극하는 통닭을 먹거나, 망국적 태극기부대가 연일 광화문광장을 소란하게 했다. 다수의 안녕과 행복보다 자신의 이익이나 신념만을 위한 비인간적 사람들의 행위로 정의가 실종된 사회에 대해 시인은 분노한다.

"주황색과 오렌지색 차이에 대한 논란이/ 정치면政治面의 가십거리로 등장한 날" 시인은 딸이 선물한 빨간 목도리를 무심코 두르고 모임에 나갔다가 "생각이 없는지, 생각이 다른지/ 책망 같은 질문을 받고서야/ 이유를 알았다". 정치 진영 논리에 빠진 사람들이 "남의 차림새를 보고/ 내 편 네 편을 생각하는"(「생각이 없는지, 생각이 다른지」) 것에 시인은 불편해진다. 그들도 틀린 건 아니고 시인도 틀린 건 아니다. 다만 어떤 현상의 이면은 숙고하지 않고 가시적인 것에 생각이 머무는 우리 사회의 풍조가 불편한 것이다. 거기다 진영논리를 덧씌워 자의적으로 규정하는 행위가 난무하는 현상은 분명 경망스럽기까지 하다. 이 시대의 '가치'란 다분히 주관적인 것이 되어버렸고 그 가치에 맞는 이들끼리 이합집산하는 세태에 대해 시인은 냉소하는 것이다.

그때서야 나는
내가 동물병원에 서 있고
친구 녀석은 수의사며
닫혔던 문 저쪽에서는
푸들이 누워 수술을 받았고
모녀는 그를 위해

안타까움과 간절함으로

기도하였음을 알아차렸다.

착각이었다는 생각에

얼굴은 붉어져 오는데

그것이

내 단순함에 대한 것인지

아니면 짧은 순간에도

생명에 대한 가치를 저울질한

내 가벼움에 대한 것인지

그것은 모르겠다.

— 「단순함 혹은 가벼움」 후반

시적 정황은 이렇다. 친구 병원에 간 시인은 눈물까지 글썽이며 떨고 있는 모녀를 보았다. 사랑하는 남편이나 아빠가 생명을 건 수술을 받고 있는 것은 아닐까, 환자는 "질긴 목숨줄 잡고/ 싸움이라도 하고 있는 것은 아닐까" 하고 다가온 애처로움이 가슴에 박혀 떠나질 않고 있었던 것이다. 그러다 현재 장소는 동물병원이고 애완견 수술 중이었다는 것을 알아채는 순간 시인은 낯이 뜨거워질 정도로 당황했다. 분명히 친구는 수의사이고 시인은 친구의 동물병원에 왔음에도 불구하고 울며 떨고 있는 모녀의 모습에서 순간 환자가 가족이라고 착각을 한 것이다.

이 시는 텍스트로 읽히는 의미를 넘어 내포된 의미를 찾아봐야 한다. 시는 철학을 이야기하거나 단순히 자기 반성을 드러내는 것만은 아니기 때문이다. 시 쓰기의 어려움이라면 일상적인 것을 일상적이지 않도록 하며 일상적이지 않은 것을 보편적 개념으로 형상화해야 한다는 데 있다. 그 과정에서 예술이 되지 않는 이유는 일상적인 것을 일상적으로 재구성하거나 평범하지 않은 것을 더욱 평범하지 않게 형상화하는 우를 범하기 때문이다. 텍스트 상으로 본다면 이 시는 일상의 에피소드를 형상화한 것으로 볼 수도 있다. 그러나 텍스트 안의 텍스트를 읽어낸다면 의미가 달라진다.

시인은 사람의 생명만 중요하다고 여긴 시인 자신의 단순한 사고방식과 생명은 무엇이든 존귀하다는 것을 놓친 순간에 대하여 자기 반성하는 것으로 읽히는 게 1차적이다. 물론 두 생각 또한 중요한 가치를 지닌다. 그럼에도 불구하고 한편으로는 이런 의구심이 일지 않을 수 없다. 사람들은 개조차 살뜰하게 챙기며 사는 사회가 되었는데 한편으로 외로운 사람들은 왜, 더 늘어가고 있는 것일까,라고 하는 점이다. 모든 생명은 중요하지만 그럼에도 사람은 사람이라는 생명과 우선 소통하고 사랑을 나누며 살기는 하는 걸까, 그만큼 부모형제 친지 이웃을 챙기며 살기는 하는 걸까, 유기견이 늘고(「들리는 풍문에 의하면」) 있는 현상은 어떻게 해석해야 하는 걸까. 이런 의문을 숨겨놓은 것이다.

글머리에서 김남규 시인의 시는 생활시라고 한 바 있다. 가족을 시의 원천이자 바탕으로 하여 직장인으로서 소회, 늙어가고 있음에 대한 의식과 관계에 의한 자기 점검, 가치가 전도된 사회 풍조 비틀어 보기 등, 시의 주제와 소재를 일상 삶에서 길어올린다. 김남규 시인의 시의식은 사람다움을 유지하기 위한 방법으로 충서忠恕의 완성을 향해 끊임없이 수양하고 학습하는 자세에서 기인하는 것으로 보인다. 좋은 사람, 좋은 어른, 좋은 시인으로 잘 늙어가고 있는 김남규 시인의 다음 시집을 벌써 기대하며 글을 마친다.

현대시세계 시인선 117
식구들의 수다

지은이_ 김남규
펴낸이_ 조현석
기   획_ 고영, 박후기
펴낸곳_ 북인
디자인_ 푸른영토

1판 1쇄_ 2020년 08월 08일
출판등록번호_ 313 - 2004 - 000111
주소_ 121 - 842 서울 마포구 서교동 467 - 4, 301호.
전화_ 02 - 323 - 7767
팩스_ 02 - 323 - 7845

ISBN 979-11-6512-117-4 03810
ⓒ 김남규, 2020

본 도서는 충청남도, 충남문화재단의 후원으로 발간되었습니다.